その先には何が!?

じわじわ気になる(ほぼ)100字の小説

北野《きたの》勇作《ゆうさく》

キノブックス

使用上の注意

この本には、すごく短い小説が130話入っています。読んでみると、なんだかもやもやしたり、すっきりしないと感じたりするかも。きちんとした解決や結末はありません。どういうことだったのか。このあとどうなるのか。読んだだけではわかりません。でも、小説はクイズでも試験問題でもないので、正解は必要ないんです。

正解があると人間は安心しますよね。逆に正解がないと言われると、落ち着かない。なんとなく不安になります。そんな気持ちを楽しむ。これはそういう小説です。

不安なんて、普通《ふつう》は嫌《いや》ですよね。でも小説でなら、そんな宙ぶらりんで頼《たよ》りない気持ちを楽しむ

ことができる。なぜ小説（そしてフィクション）にはそんなことできるのか。じつは、小説を書いている私にもよくわかりません。でも、小説の中の不安はなんだかおもしろい。それは知っています。

ちょっと子供には難しい楽しみかたです。

いや、本当を言うと、大人にだって難しい。

どうですか？　楽しめそうですか？

まあ最初のひとつふたつみっつよっつ、くらい読んでみて決めればいいですよ。すぐ読めます。ゆっくり読んでもひとつ15秒くらいですからね。

さあ、どうします？

目次

（書き出し10字）

1 あの路地を通るのを怖《こわ》……10
2 学校のプールには何か……11
3 青空に、ぽんっ、と蓮《はす》……12
4 不法投棄《とうき》されブロック……14
5 火事があってから何週……15
6 標識が増えたなあ。そ……16
7 泥《どろ》のように眠りながら……18
8 もわあああああああ……19
9 ひさしぶりに前を通る……20
10 謎《なぞ》の式典に行かねばな……22
11 痛覚《つうかく》はない。それに、……23
12 鎌《かま》を研いだような月、……24

13　夜中に目が覚めて、何……26
14　前方の闇《やみ》に浮かぶ提灯《ちょうちん》……27
15　日向《ひなた》を歩くにはあまり……28
16　蟬《せみ》の抜《ぬ》け殻《がら》のように、……30
17　前方にいつも雲がある……31
18　駅から家まで、毎回違《ちが》……32
19　たしかに埋《う》めたのだ。……34
20　花見でしか降りたこと……35
21　毛虫が落ちている、と……36
22　今ならもれなくいろん……38
23　メールが届く。妻と娘《むすめ》……39
24　なんだか知らないボタ……40
25　白い行列が通過してい……42
26　長い坂の上に鏡があっ……43
27　商店街で子供たちが昔……44
28　借りてきた月を取り付……46
29　その劇場の舞台袖《ぶたいそで》には……47
30　麻酔《ますい》を使うわけにはい……48
31　身体《からだ》が新しくなると当……50
32　これから先もずっとあ……51
33　とりあえずモデルを作……52
34　再生を行うたびに傷が……54
35　真昼の月かと思いきや……55
36　最近、部屋によくブロ……56

37 真夜中の踏切《ふみきり》で長いも…… 58
38 ひと雨ごとに暖かくな…… 59
39 また同じテントが現れ…… 60
40 急坂にある商店街だ。…… 62
41 夜の雨だ。 いちばん高…… 63
42 毛糸玉が転がって転が…… 64
43 あかずの踏切《ふみきり》と言われ…… 66
44 押《お》し入れから見覚えの…… 67
45 風船が飛んでくる。 い…… 68
46 青いボールがまた大き…… 70
47 足音を聞いて飛び出し…… 71
48 ずどんと正面からぶつ…… 72
49 隣《となり》のテーブルの老人が…… 74
50 こんにちはこんにちは…… 75
51 掘《ほ》って掘《ほ》ってやっと泥《どろ》…… 76
52 商店街の脇《わき》に昔のヒー…… 78
53 そんな記憶《きおく》はないのに…… 79
54 炎天下《えんてんか》、桜の木の下に…… 80
55 降ってくる雪をじっと…… 82
56 地上を尖《とが》らせることに…… 83
57 やることなすこと薄《うす》く…… 84
58 たまに見る夢の中でい…… 86
59 行列のできる店という…… 87
60 運ばれてくるものを缶《かん》…… 88

61 自分が流されていくと…… 90
62 自転車で先に出た妻と…… 91
63 何年か前から踊《おど》り場《ば》で…… 92
64 その家の塀《へい》には、小さ…… 94
65 たしかにここにあった…… 95
66 白壁《しらかべ》に緑の蔦《つた》が這《は》って…… 96
67 ごんごろろんと近づい…… 98
68 いざというときのため…… 99
69 尻尾《しっぽ》が増えている。こ…… 100
70 買ったばかりのソファ…… 102
71 空き地に電柱が一本立…… 103
72 今年も目に見えない巨《きょ》…… 104
73 長い廊下《ろうか》のある家に住…… 106
74 撮《と》りますよお。あ、こ…… 107
75 気がつくと墓地《ぼち》を走っ…… 108
76 ビニール袋《ぶくろ》にカラスが…… 110
77 傘《かさ》をひろげた途端《とたん》ずど…… 111
78 風鈴《ふうりん》が鳴っている。こ…… 112
79 案山子《かかし》が立っている。…… 114
80 仰向《あおむ》けに浮かんでいる…… 115
81 冬なのに生《なま》ぬるい風が…… 116
82 音の伝わりかたが変わ…… 118
83 雲の割れ目からぼたぼ…… 119
84 一種のヘルメット。あ…… 120

85 開かずの踏切《ふみきり》で何本も……122
86 よく花が供《そな》えてあるの……123
87 古いソファを捨てる。……124
88 長く住んではいるが、……126
89 これまでの伝統的な方……127
90 ネジが頭に刺《さ》さったま……128
91 花束が置かれているの……130
92 梱包《こんぽう》されて遠くへ運ば……131
93 超《ちょう》高性能の手袋《てぶくろ》です。……132
94 池の水を全部抜《ぬ》いたら……134
95 ガードレールに囲まれ……135
96 開けかたのわからない……136
97 家の前の道に白いチョ……138
98 生乾《なまがわ》きのコンクリート……139
99 夜道に白いものが落ち……140
100 路地の長屋と町工場の……142
101 あの病院、ヒトのため……143
102 自分の頭の中から絞《しぼ》り……144
103 この近くにずいぶん長……146
104 激しい雨で夏の名残《なごり》が……147
105 空が広いところを歩い……148
106 地下の扉《とびら》の向こうには……150
107 昔は公園だった窪《くぼ》みに……151
108 長い坂の上に闇《やみ》があっ……152

109 運転手の手の運転手を…… 154
110 いつもの喫茶《きっさ》店に寄っ…… 155
111 電子化しますね。これ…… 156
112 あれもこれも無人化さ…… 158
113 缶詰《かんづめ》工場だ。缶詰《かんづめ》を作…… 159
114 高い煙突《えんとつ》のある町に住…… 160
115 交差点などない一本道…… 162
116 海岸を歩くのは日の高…… 163
117 かつての校舎は、もう…… 164
118 死者を迎《むか》えるために今…… 166
119 さあ、これからお前の…… 167
120 送られてくる苺《いちご》はすべ…… 168
121 夜、自転車で走ってい…… 170
122 巨大《きょだい》な焼却炉《しょうきゃくろ》の中にい…… 171
123 ぼくが生まれてすぐ、…… 172
124 近所に猿《さる》が出たと聞い…… 174
125 公園の木に飾《かざ》り付けが…… 175
126 近所の廃《はい》工場の前に金…… 176
127 遺品の整理に田舎《いなか》へ帰…… 178
128 降ったなあ。ここまで…… 179
129 いったいどこを通って…… 180
130 ほぼ百字、ということ…… 181

I

あの路地を通るのを怖《こわ》がっていた娘《むすめ》は、
それを言うだけでも怖《こわ》いから、
と理由を教えてくれず、
でも四年生になったら
怖《こわ》くなくなってるよ。
そんな言葉を信じて
楽しみに待っているのに、
五年生の娘《むすめ》はまだ教えてくれない。

2

学校のプールには何かがいる。
冬になっても水を抜《ぬ》かないのは
前から変だと思ってた。
それで夜になってから忍《しの》び込《こ》んだ。
でも何かに操られてる
だけなのかも。
体育の授業で泳いだとき、
プールの水を飲んじゃったからな。

3

青空に、ぽんっ、
と蓮《はす》の花が咲《さ》くように
パラシュートが開く。
次から次へと開いて、
そのままの形で落ちてくる。
白くて丸い花の下には
ヒトの形をしたものが
無防備に吊《つ》られているが、
ヒトなのかどうかは
まだわからない。

4

不法投棄《とうき》され
ブロック塀《べい》に立てかけられたままの黒板に
チョークで折れ線グラフが描《か》かれていて、
これが度《たび》々《たび》更新《こうしん》されるのだ。
X軸《じく》は日付だが、
Y軸《じく》は何なのかわからない。
とにかく明日、
何かが急角度で落下するようだ。

5

火事があってから何週間もたつのに、
その前を通ると今でも焦《こ》げ臭《くさ》い。
一階だけが焼けて
二階は残っているから、
洞穴《ほらあな》のようにも見える。
焼け残った玄関《げんかん》の上にある
水道と電気のメーターが、
最近すごい勢いで回っている。

6

標識が増えたなあ。
それも何の標識だかわからないのが多い。
家から駅までの間にも幾《いく》つもある。
まあこれだけわけのわからないものが
増えたら、
そうなって当然か。
しかし、あのいかにも危なそうな
標識は何だろうなあ。

徐行

7

泥《どろ》のように眠りながら、
夢の中で泥《どろ》を捏《こ》ねる。
いつも泥《どろ》で何かを作っている。
何を作っているのかと
自分の手もとをよくよく見ると、
それは自分が今見ている夢の端《はし》で、
その先では泥《どろ》を捏《こ》ねて作った自分が
泥《どろ》を捏《こ》ねている。

8

もわああああああああっ
としている。
もうずうっと前から、
もわああああああああっ
としているので、
もわああああああああっ
としてない状態をイメージできない。
頭の中も、
もわああああああああっ
としている。

9

ひさしぶりに前を通ると、
今も天使は更地《さらち》に転がっていて、
瞳《ひとみ》のない目で空を見ている。
うかつに動かすと祟《たた》られるかも。
それで業者もやりたがらない。
ヒトにできるのは、
自力でどこかへ行ってくれることを
祈《いの》るくらい。

IO

謎《なぞ》の式典に行かねばならない。
もう何度も行っているが、
いったい何のための式典なのか、
誰《だれ》のための式典なのかは、
今もやっぱりわからないまま。
やたらと年寄りが多くて
正装《せいそう》しないといけないあたりは
葬式《そうしき》に似ている。

II

痛覚《つうかく》はない。それに、
ある程度までなら組織を切除しても
活動に支障はない。
活動に必要な部分さえ傷つけなければ、
泳ぎ続けることも可能だろう、
充分《じゅうぶん》に大きな魚なら。
それを試しているらしい。
我々《われわれ》を乗せたこの魚で。

12

鎌《かま》を研いだような月、
とは昔の人はうまいこと言ったもんだ。
夕空にくっきり白いその形を見上げて思う。
何を刈《か》り取るための鎌《かま》なのか。
骸骨《がいこつ》が持っている
長い柄《え》のついた
あの鎌《かま》でなければいいが、
とやけに赤い空の下で。

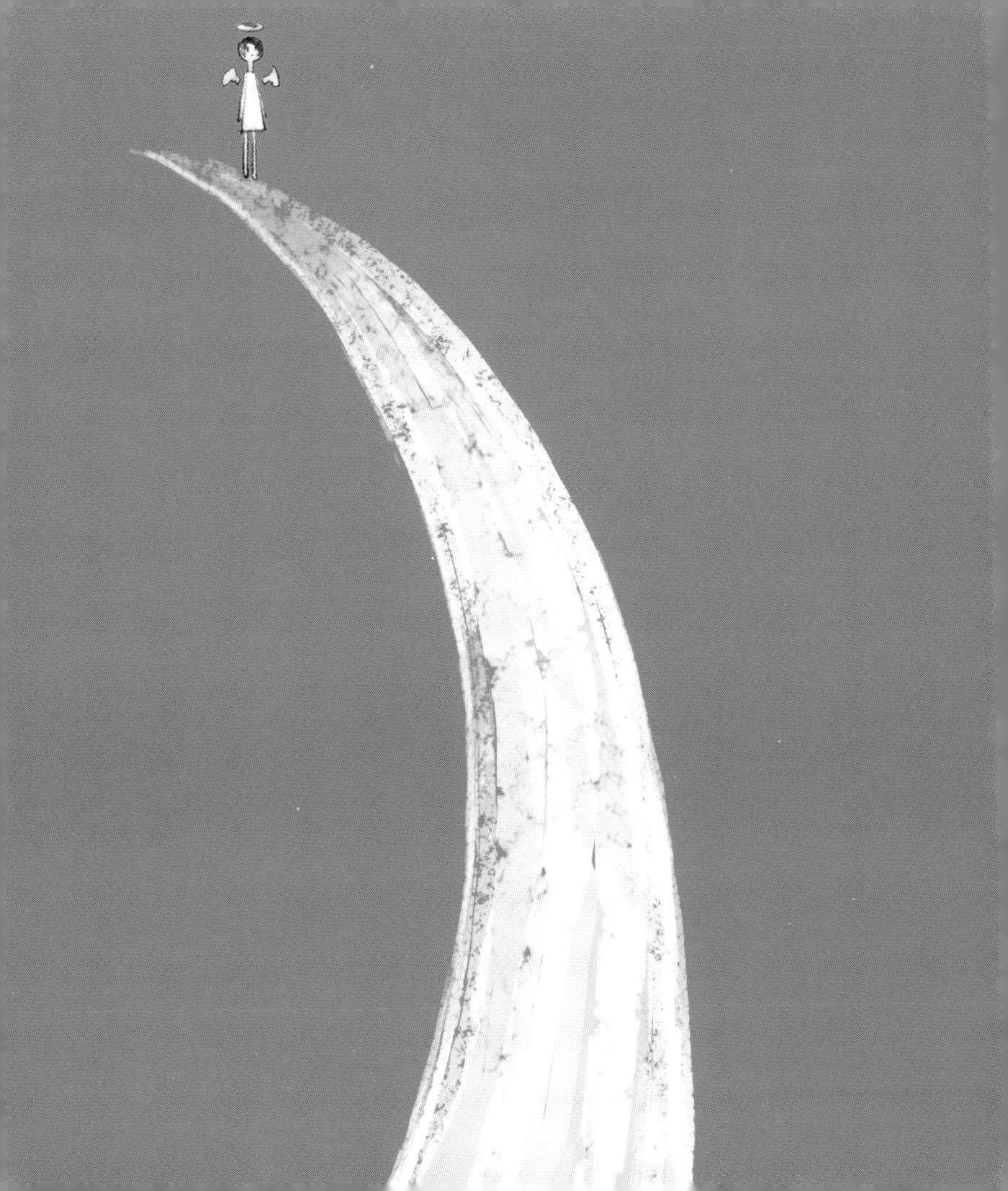

13

夜中に目が覚めて、
何か大変なことが起きているのでは、
と心配になってそのまま眠《ねむ》ることができず、
朝になって心配が現実に
なってしまったことを知る毎日。
これはいつまで続くのか。
あるいは、
もう終わっているのか。

14

前方の闇《やみ》に浮かぶ提灯《ちょうちん》を目指して
夜道を歩いているのに、
なかなか近づいてこない。
だいぶ不安になってきたところで、
ようやく近づいてくる。
しかしほっとしたのも束の間、
その提灯《ちょうちん》、
見上げるほどの大きさだとわかる。

15

日向《ひなた》を歩くには
あまりに日差しが強い。
おまけに帽子《ぼうし》を忘れてきた。
道路に落ちている影《かげ》を探し、
影《かげ》を選び、
影《かげ》から影《かげ》へと渡《わた》るように歩く。
ゲームでもしているかのように夢中になり、
顔を上げたら知らないところにいる。

16

蝉《せみ》の抜《ぬ》け殻《がら》のように、
かつては何かが入っていたはず。
そう思い込《こ》んでいたことが大きな間《ま》違《ちが》い。
最初から、
空《くう》洞《どう》として生まれた空《くう》洞《どう》なのだ。
では、これが生まれる前はどうだったか。
それを考えることは
禁じられている。

17

前方にいつも雲がある。
同じ高さでまっすぐどこまでも、
三百六十度続いているから、
なんだか巨大《きょだい》な壁《かべ》に
囲まれているみたいだ。
しかしいつからあるのだろう。
あれは雲ではなく
雲の絵が描《か》かれた壁《かべ》だ、
という話もある。

18

駅から家まで、
毎回違《ちが》う道を通って帰ることにしよう。
そう決めてからけっこうな日数になるが、
まだ続いている。
よくそんなに道があるなあ、
とも思うが、
今日も別の道で帰ってきた。
なんだか同じ家じゃないみたいだ。

19

たしかに埋《う》めたのだ。
誰《だれ》にも知られないよう、
自分の手で全部やった。
なのに、と言うか、だから、と言うか、
何をどこにどう埋《う》めたのかが
わからなくなってしまった。
自分の頭に埋《う》めたことだけは
間《ま》違《ちが》いないのだがなあ。

20

花見でしか降りたことがない駅で降りて、
人形と人間がいっしょに
歌ったり演じたりする劇を観る。
こうして観ていると、
人間のほうが人形より
余計な部分がずっと多く、
なんだか融通《ゆうずう》が利《き》かない
人形のように思えてくる。

21

毛虫が落ちている、
と思ったら眉毛《まゆげ》だ。
それにしてもなぜこんなところに眉毛《まゆげ》が、
と首を傾《かし》げてから、
なぜこれが眉毛《まゆげ》だとわかったのだろう、
と不思議に思い、
でも絶対に眉毛《まゆげ》だという確信があって、
理由を知るのが怖《こわ》い。

22

今ならもれなく
いろんなものがついてきます。
いらないかもしれませんがついてきます。
ひとつのものにひとつついてきて、
それにもやっぱり
別の何かがついてきます。
あ、振《ふ》り切ろうとしても
どこまでもついてきますよ。

23

メールが届く。
妻と娘《むすめ》が山のてっぺんで
笑っている写真が添《てん》付《ぷ》されている。
メールが届く。
妻と娘《むすめ》が水の底で
笑っている写真が添《てん》付《ぷ》されている。
メールが届く。
妻と娘《むすめ》が昨夜見た夢の中で
笑っている写真が添《てん》付《ぷ》されている。

24

なんだか知らないボタンがあって、
何かのスイッチになっている、
ということだけはわかっているが、
押《お》したらどうなるのかは
わからないまま。
そういう場合、
普通《ふつう》は押《お》さないものらしいが、
もう何度も押《お》してしまったし。

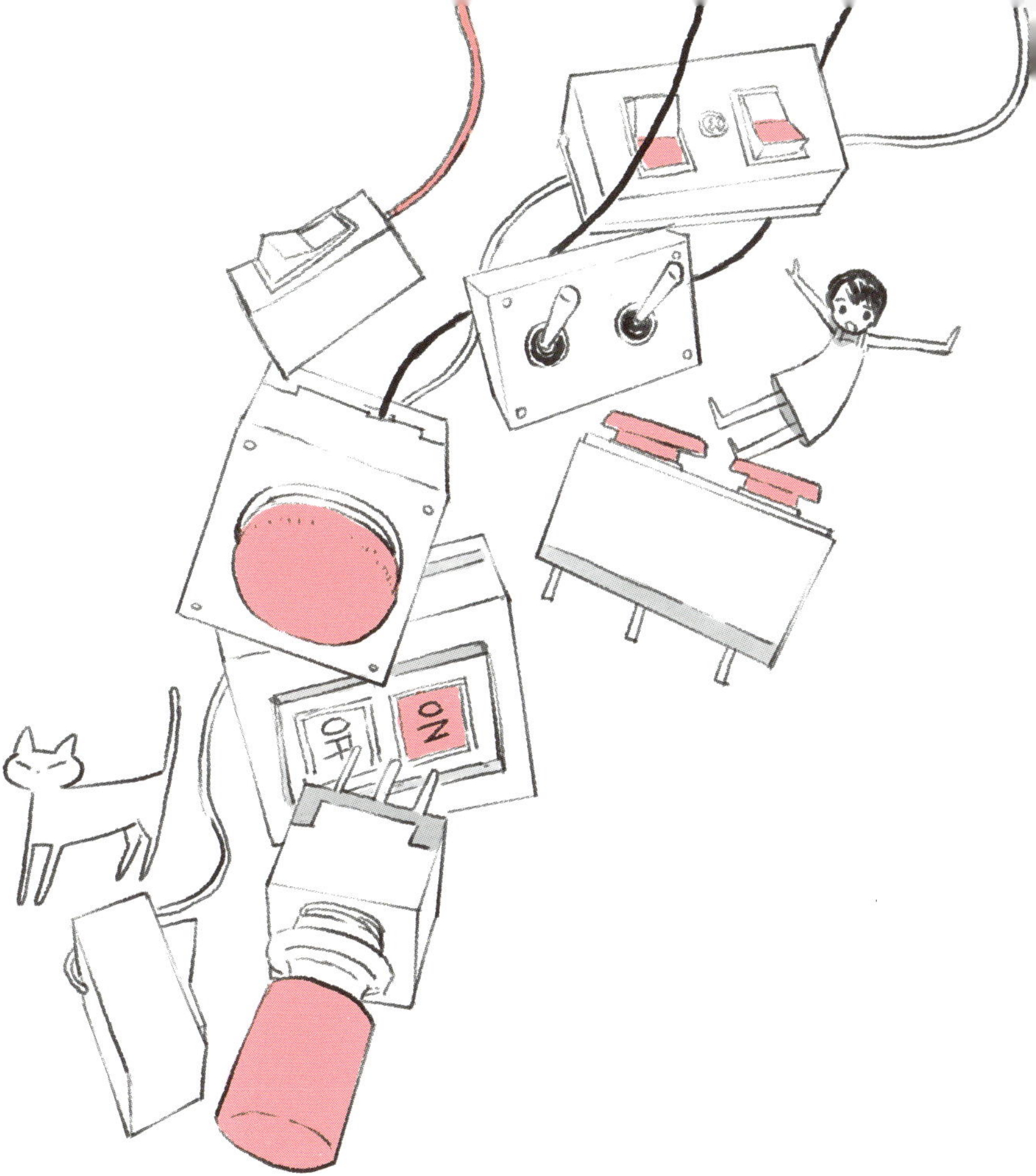
OFF
ON

25

白い行列が通過していく。
足を引き摺《ず》る音がするから、
足はあるのか。
年にいちど、
数時間で終わることもあれば、
ひと晩中続くことも。
家の前を通るくらいならいいが、
突《つ》き当りの家みたいに
入ってこられるのは嫌《いや》だな。

26

長い坂の上に鏡があって、
ときどき長い坂を上って覗《のぞ》きに行く。
鏡の中の自分がちゃんと
やっているところを見て、
それで安心するためだ。
ところが今日覗《のぞ》いてみると、
自分がいない。心配だ。
見に来なければよかったよ。

27

商店街で子供たちが
昔の曲を演奏している。
何度も聴《き》いた曲だが、
こんなに不穏《ふおん》で不気味な曲だったか、
と驚《おどろ》く。
まだ濁《にご》っていない子供たちだから、
その要素がよけい際立つのかも。
あ、それで今回は子供を再生したのか。

28

借りてきた月を取り付ける。
前までここにあった月は、
もういらないと思って壊《こわ》してしまった。
それで仕方なく
他所《よそ》から借りてきたのだ。
借りたものは返さねばならんが、
今そのことは考えまい。
この身体《からだ》だってそうだし。

29

その劇場の舞台袖《ぶたいそで》には
ドアが描《か》かれた壁《かべ》がある。
いったい誰《だれ》が
何のために描《か》いたのかわからないが、
ノックするとノックが返ってくる。
絵なのに。
開演前には出演者全員が
ノックする決まりになっている。
理由は知らない。

30

麻酔《ますい》を使うわけにはいかないんです。
麻痺《まひ》するとできないからね。
だから痛いのは我慢《がまん》。
はい、奥歯《おくば》に大きな穴を開けましたよ。
ここに両手をかけて、
頭から入る。
そうそう、全部入ったら
身体《からだ》がきれいに裏返りますよお。

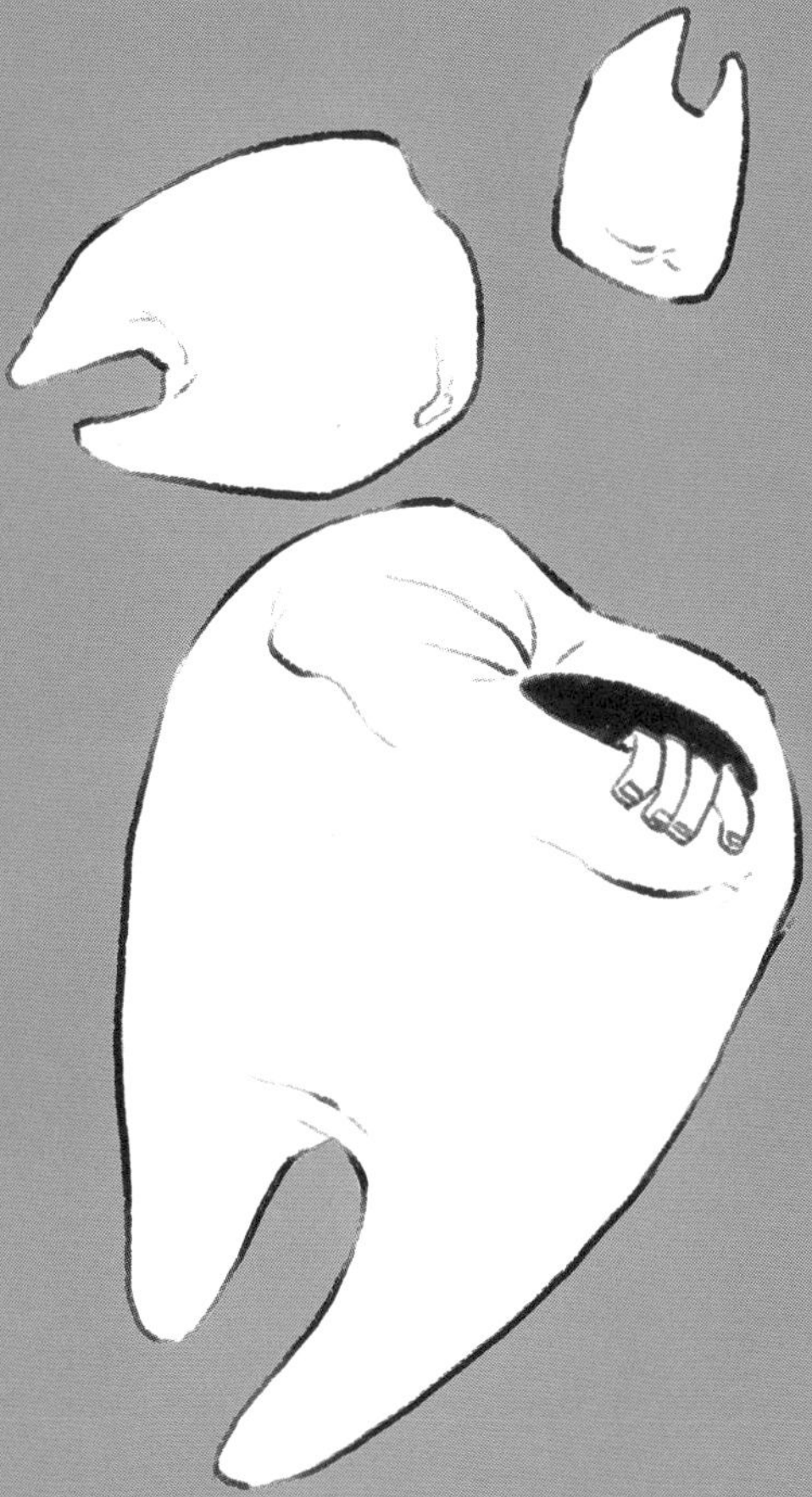

31

身体《からだ》が新しくなると当然ながら
いろんな新しい言葉も増え、
しかし新しくない身体《からだ》の持ち主とは
それだけ話が通じないことも増え、
溝《みぞ》は埋《う》まらないどころか深まるばかり。
そのせいなのかどうか
最近のヒトは無口になった。

32

これから先もずっとあると思っていた場所が
唐突《とうとつ》になくなってしまう。
もっとも、
これから先もずっとあると思っていた理由は、
これまでずっとあったから、
というだけなのだ。
大抵《たいてい》のものはなくなってから
やっと見える。

33

とりあえずモデルを作り、
それを動かしてみることで
次の動きを予測できるようにはなったが、
はたしてそれは
何かを理解したことになるのだろうか。
我々《われわれ》に似せて作ったこれらに関して、
今さらそんな反省が起きている。

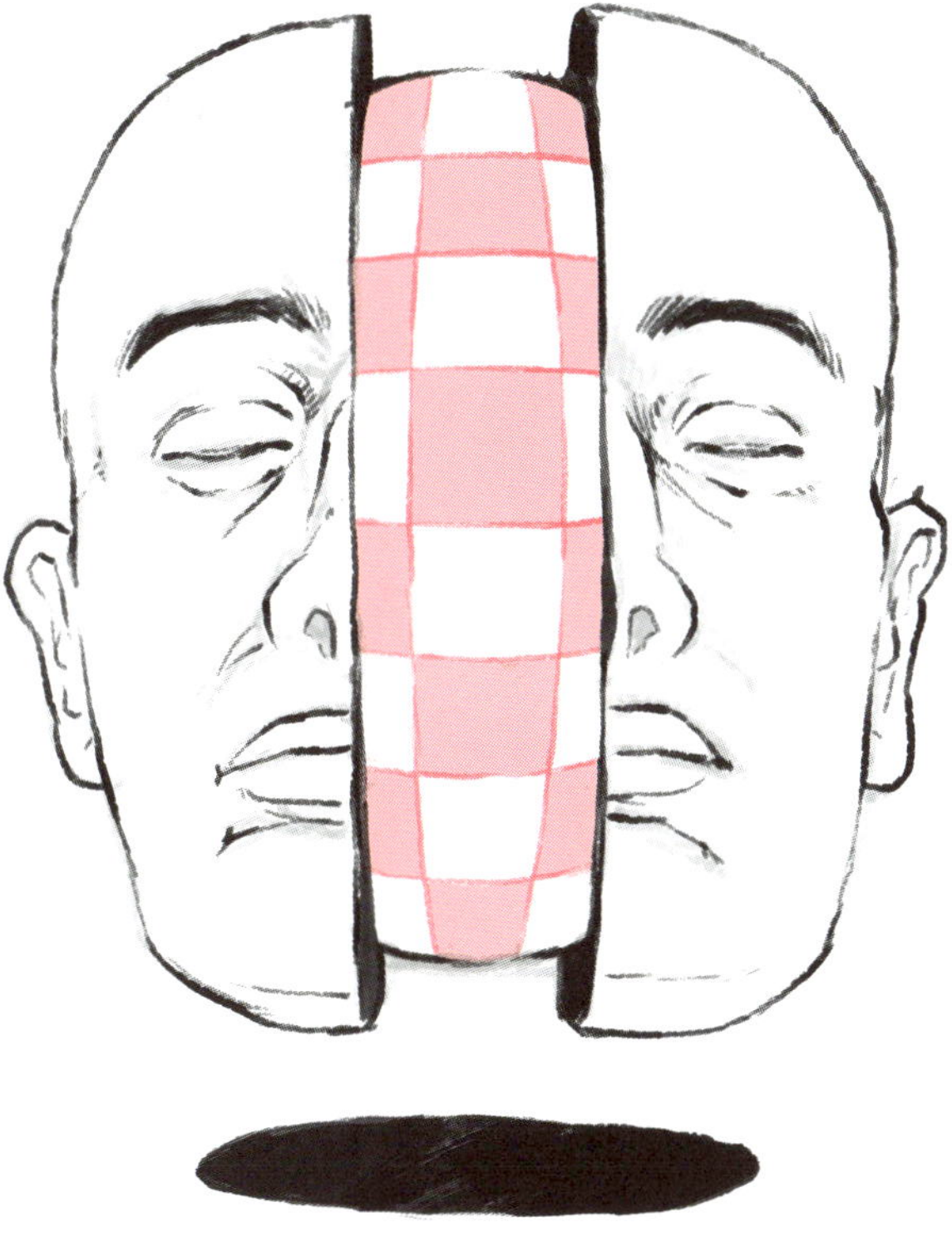

34

再生を行うたびに傷がついて
劣化《れっか》していく記憶《きおく》媒体《ばいたい》と
変質せずに再生が可能な媒体《ばいたい》。
自らが傷つくことなく
再生することはできない、
だからこそ素晴《すば》らしい、
とする説もあって、
その検証のため試作されたのが
人間である。

35

真昼の月かと思いきや、
風に流されているところからすると
月ではなくて月のような何かなのだろう。
そう思って見ると、
満月の形こそしてはいるが
その模様は明らかに月とは違《ちが》う。
それにしても、
何が描《か》いてあるのかな。

36

最近、部屋によくブロックが落ちている。
子供の頃《ころ》によく遊んでいた
赤と青と黄と緑のブロックだ。
持ち込《こ》んだ覚えなどないのに。
もしかしたら、と思うが、
まさかな、とも思う。
今朝、風呂場《ふろば》を見ると
大量に落ちていた。

37

真夜中の踏切《ふみきり》で
長いものが通過し終わるのを待っている。
何なのかわからないのは
昔から同じだが、
昔よりもずっと長くなっている。
成長しているのか、別ものなのか。
しかし列車でもないのに、
なぜ警報機が鳴るのかな。

38

ひと雨ごとに暖かくなる、
と聞いていたのに
この雨でいきなり温度が下がったのは、
誰《だれ》かがうっかり
この世界の蓋《ふた》を開けてしまったから、
だそうで、
そのせいでまた一からやり直しらしいが、
何をやり直すのかは知らない。

39

また同じテントが現れる。
いや、同じなのかどうかは
わからないのだが、
同じにしか見えない
赤い三角のテントである。
誰《だれ》かが中にいるのか。
よく見ようとして近づくと逃《に》げる。
テントごと逃《に》げる。
そういう生き物なのか。

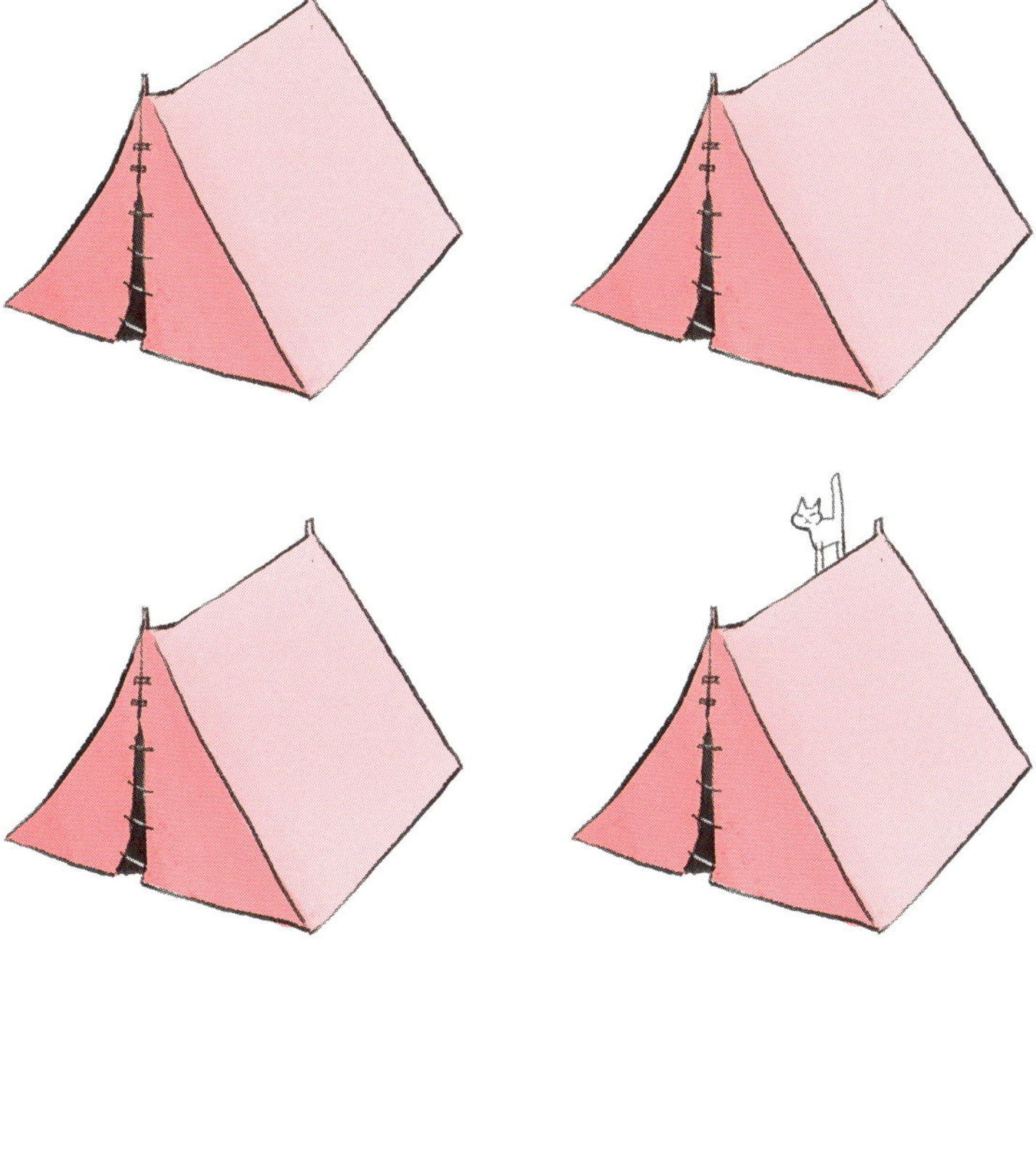

40

急坂にある商店街だ。
商店街全体が少しずつずり落ちていくから、
いちばん上には空き地ができる。
そこに新しい店が入る。
坂を下れば下るほど
左右の店舗《てんぽ》は古くなる。
いちばん下がどうなっているのかは、
誰《だれ》も知らない。

41

夜の雨だ。
いちばん高いビルが鋭《するど》い光を放《はな》っている。
ビルの周囲には尖《とが》った虹《にじ》ができている。
それを目印にして、
重くて巨《きょ》大《だい》な何かがやってくる。
そんな夢を見た。そして、
夢の中で聞いたのと同じ足音を今、
聞いている。

42

毛糸玉が転がって転がって
転がり続ける。
赤い毛糸を追いかけていくと、
玄関《げんかん》を抜《ぬ》けて路地へと出て
それでもまだまだ続いているから
追いかけて追いかけて
追いかけ続けるが、
さすがにこれはおかしいな
と思い始めている。

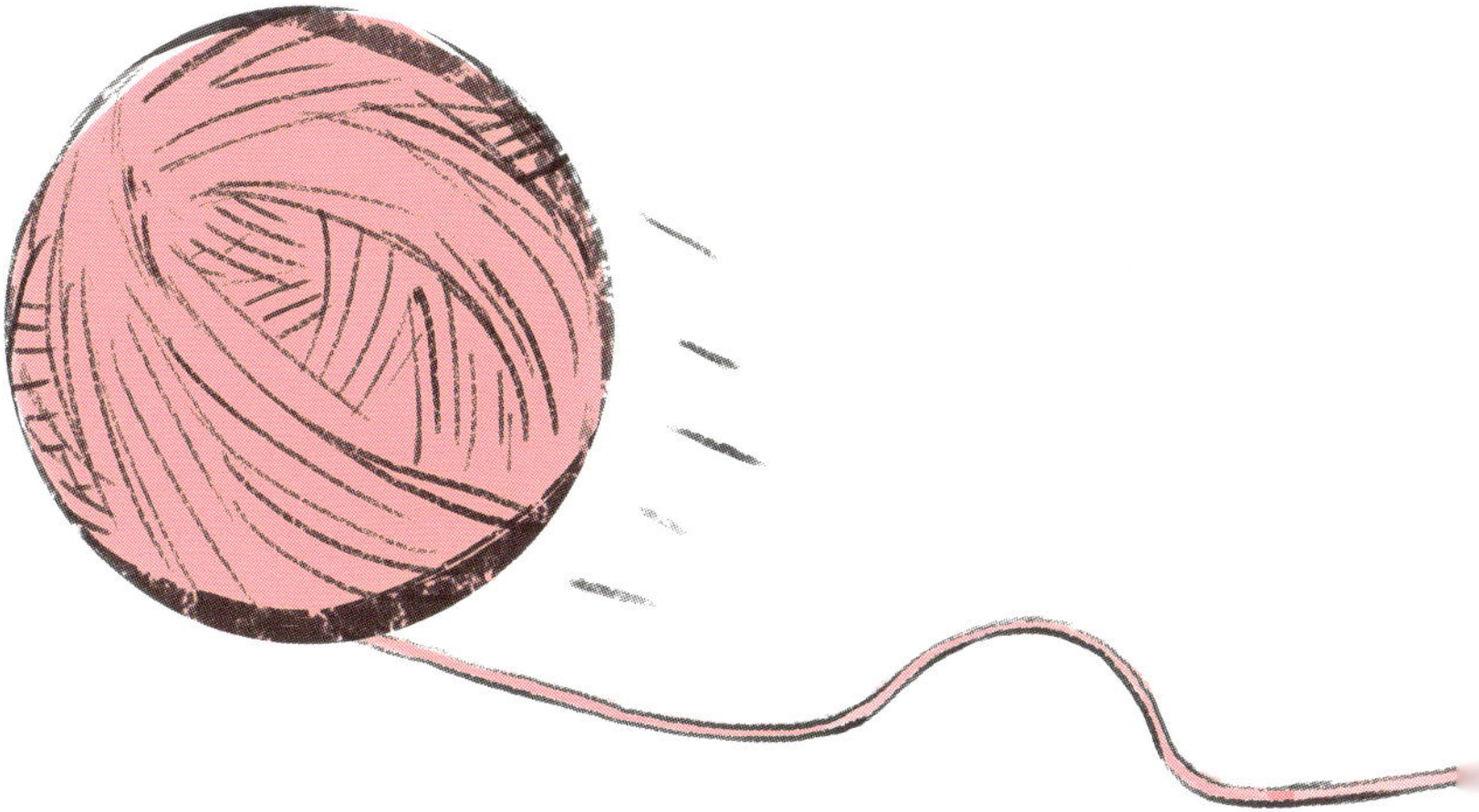

43

あかずの踏切《ふみきり》と言われるだけあって、
いくら待ってもまるで開く気配はなく、
ついには踏切《ふみきり》の向こうで待つ
女の首が伸《の》び始める。
にゅるにゅるにゅると伸《の》びてきて、
もうすぐここまで届くのでは。
そこへ電車がやって来る。

44

押《お》し入れから見覚えの無い
ぬいぐるみが出てきた。
魚とも蜥蜴《とかげ》とも人間ともつかない形だ。
背中の紐《ひも》を引くと喋《しゃべ》る。
いや、喋《しゃべ》ったとは思うのだが、
何を喋《しゃべ》ったのかをなぜか覚えていない。
もういちど引くべきか迷っている。

45

風船が飛んでくる。
いくつもいくつも飛んでくる。
北の窓から入ってきて、
南の窓へと抜《ぬ》けていく。
ここはそういうところなんですよ。
大家《おおや》が言う。
風船にはたまに手紙が付いてますけど、
決して返事は出さないようにね。

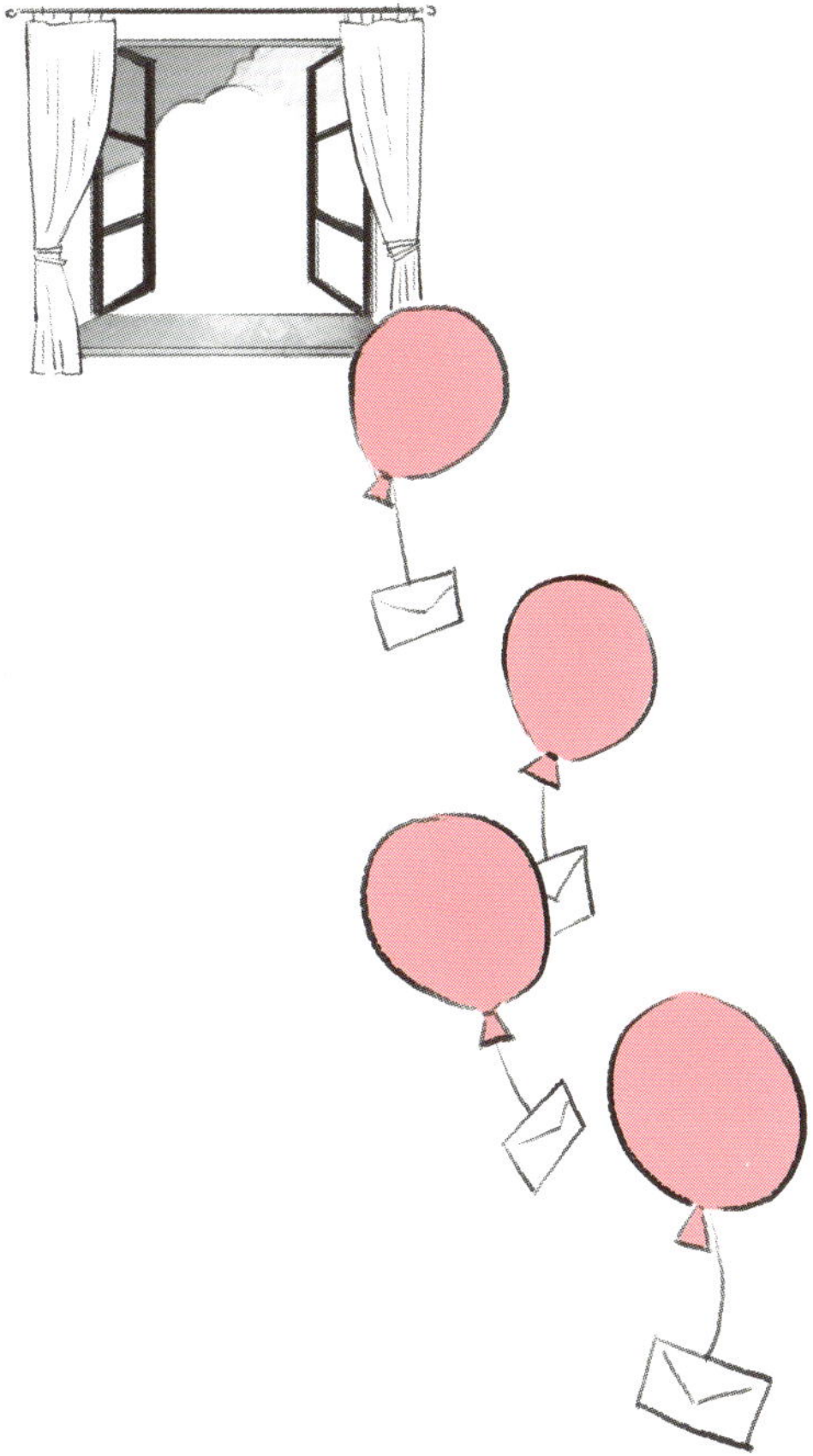

46

青いボールがまた大きくなっている。
いつからあるのかなあ。
いつからか部屋の隅《すみ》にあった。
いや、たぶんずっと前からあった。
それがだんだん大きくなり、
ある大きさになったので、
そこにあったことに気がついたのだ。

47

足音を聞いて飛び出してくる。
それは知っているし、
どこからどう飛び出してくるのかも
知っていて、
でもびっくりするのはやっぱり嫌《いや》だから、
近くまで来ると自然と忍《しの》び足。
子供の頃《ころ》からずっとそう。
今でもいるのかな。

48

ずどんと正面からぶつかった。
バグの類《たぐい》ではなく
物理的な現象である証拠《しょうこ》に、
またディスプレイが割れている。
自動車でも電車でも飛行機でも、
何かを操縦《そうじゅう》するゲームをしていると
必ず飛び込《こ》んでくる
この男は何者なのか。

49

隣《となり》のテーブルの老人が
手のひらで何かを遊ばせている。
赤い紙玉みたいだが、
ひょこひょこと勝手に
動いているように見える。
覗《のぞ》いてもよくわからない。
老人が店を出た後でトイレに行くと、
目の高さでそれが動いていた。

50

こんにちはこんにちは、
と地の底から声がする。
ずっと昔に封《ふう》じ込《こ》めたのに、
今になって目覚めたのか。
昔のままのはずもなく、
変わり果てた姿だろう。
いったい誰《だれ》が何のために起こしたのか。
握手《あくしゅ》をしよう、と声が言う。

51

掘《ほ》って掘《ほ》ってやっと泥《どろ》だらけの塊《かたまり》を
掘《ほ》り出したのだが、
どうもなんとなく見覚えがある。
どこで見たのかなあ。
首を傾《かし》げつつ泥《どろ》を落としてみると、
見覚えがあるはずで、
昔の自分なのだ。
洗って磨《みが》けばなんとかなるかなあ。

52

商店街の脇《わき》に
昔のヒーローが捨てられている。
このあいだまでアーケードの天井《てんじょう》にいたが、
まあだいぶ前から
昔のヒーローではあったのだ。
つまり昔のヒーローだから
捨てられたのではない。
いったい彼《かれ》に何があったのか。

53

そんな記憶《きおく》はないのに切れていた。
長さは数センチだがけっこう深い。
右肩《みぎかた》の上あたり。
痛みはない。血も出ていない。
ゴムに切り込《こ》みが入っているみたいだ。
そのときはまだ
自分が貯金箱に改造されたとは
知らなかった。

54

炎天下《えんてんか》、桜の木の下に
黒い人影《ひとかげ》がふたつ並んでいる、
と思ったら烏《からす》。
熱で空気が歪《ゆが》んでそう見えたのか。
しかし何をしているのか。
ツルハシで木の根元を
掘《ほ》っているようにしか見えないが、
烏《からす》はそんなことしないだろうし。

55

降ってくる雪をじっと見上げていると、
自分の身体《からだ》が
上昇《じょうしょう》していくような気分を
楽しむことができる。
そう聞いたのでさっそくやってみる。
なるほど昇《のぼ》る昇《のぼ》る昇る。
昇《のぼ》って昇《のぼ》って下を見ると、
雪原《せつげん》に小さく横たわる自分の身体《からだ》。

56

地上を尖《とが》らせることに決めたらしい。
地面だけでなく、
屋根も電柱も電線の上さえも尖《とが》っている。
地上に暮らす者全員が尖《とが》っている。
今飛んでいる鳥はどこにも止まれない。
そうすることで
何が生まれるのかはわからない。

57

やることなすこと薄《うす》くなってしまったな、
と思っていたが、
中身が残り少なくなっていたのか。
さっそく自分に穴をあけ、
ちゅうちゅう注《つ》ぎ足してやると、
それで元の感じに戻《もど》る。
なんだ、中身ってなんでもよかったんだ。

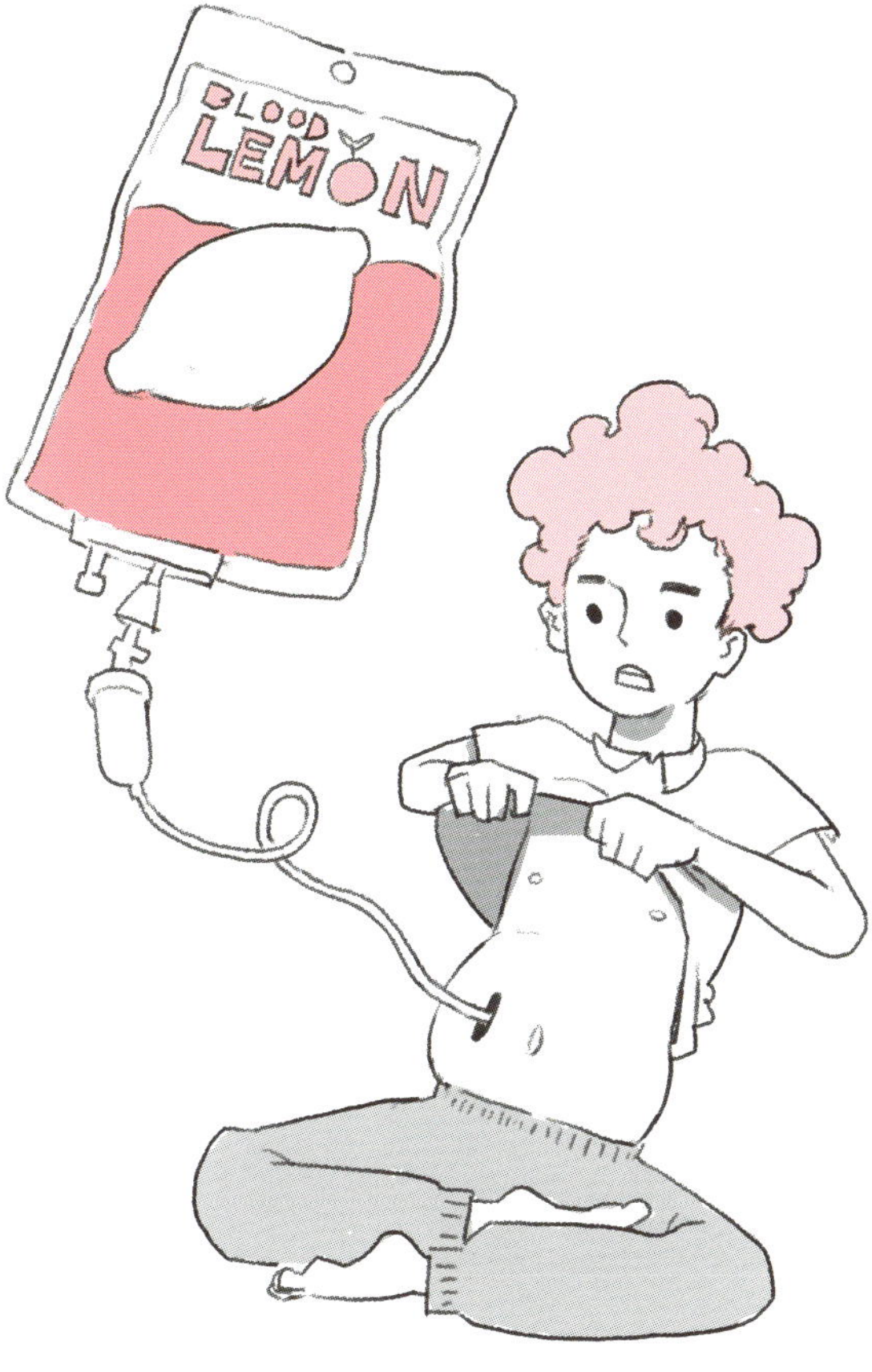
BLOOD
LEMON

58

たまに見る夢の中で
いつも行く部屋があるのだが、
前は地下室だったはずのその部屋が、
いつのまにやら屋根裏部屋に
なっていることに気がついた。
いつからそうなったのか。
何があったのか。
寝《ね》ても覚めても考えている。

59

行列のできる店という評判の通り、
とんでもない行列だ。
行っても行っても
行列の最後尾《さいこうび》にたどり着けない。
たどり着ける気がしない。
振《ふ》り向くと、
後ろには長い行列ができている。
なんとしても最後尾《さいこうび》にたどり着かねば。

60

運ばれてくるものを
缶《かん》に詰《つ》めるのが仕事。
缶《かん》に詰《つ》めておけば大丈夫《だいじょうぶ》なのだ。
それはそうなのだろうが、
こんなものをこんなに作って
どうするのかなあ。
開けるときが来るのだろうか。
それは祝うべきときなのか、
それとも。

61

自分が流されていくところを見てしまい、
あれは自分ではないか、
そうだ自分だ、
と川に沿って追いかけてみたが
追いつくはずもなく、
途中《とちゅう》で諦《あきら》めて
何も見なかったことにしようと
決めたところに、
また自分が流れてくる。

62

自転車で先に出た妻と娘《むすめ》を追いかける。
道順は聞いていたが
例によって方角がわからなくなり、
道順を聞いているときに
わかったふりをしなければよかった、
と思うが今さらどうしようもなく、
今も迷っていてもう三年目。

63

何年か前から踊《おど》り場《ば》で暮らしている。
前は階段の途《と》中《ちゅう》で暮らしていた。
少しずつ階段を押《お》し上げられて
踊《おど》り場《ば》に出たのだ。
ずっと踊《おど》り場《ば》で暮らしたいとも思うが、
もうすぐ次の階段に出てしまうな。
でも争うよりはいいか。

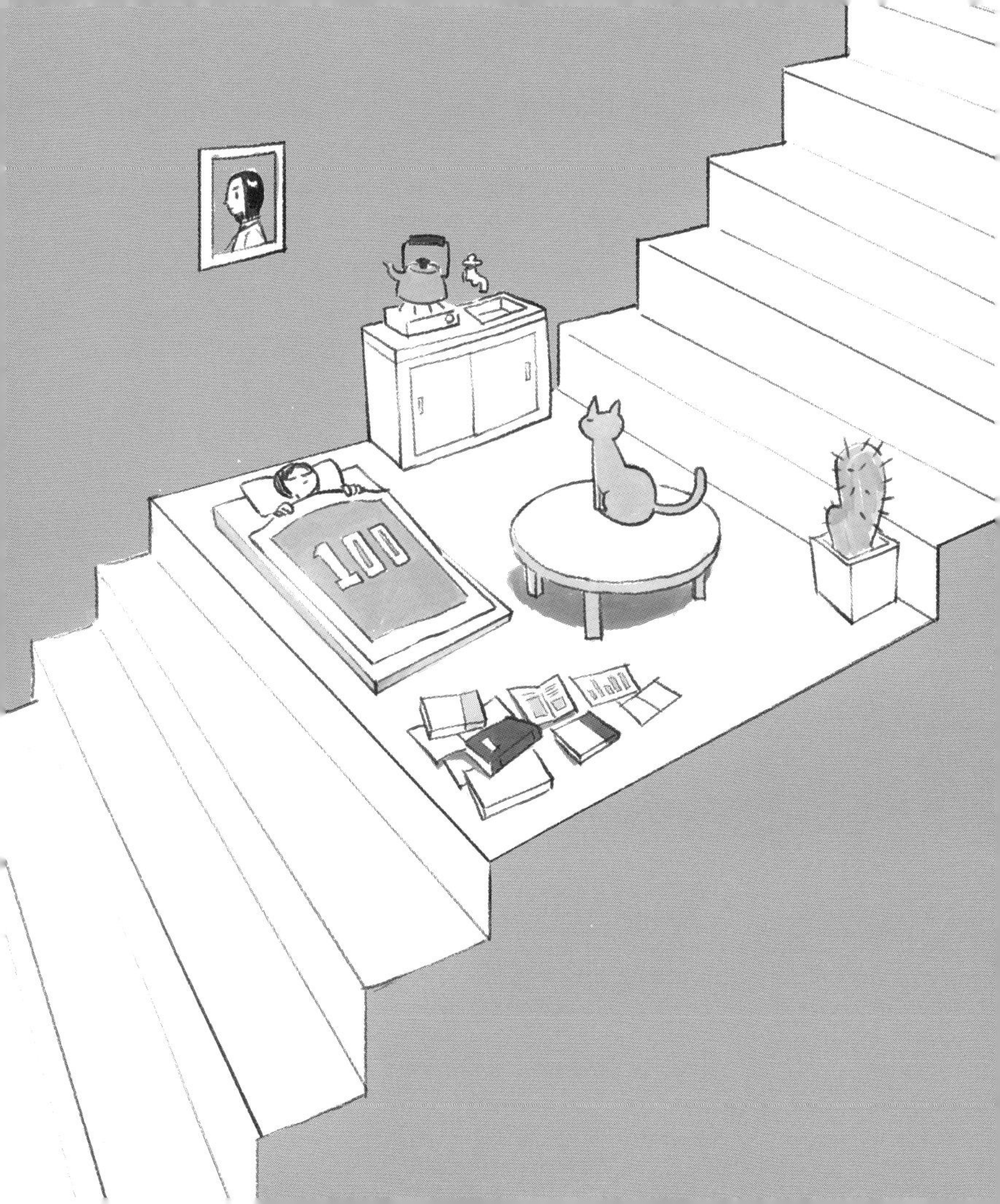
100

64

その家の塀《へい》には、
小さな木の舟《ふね》が立てかけてあった。
前を通るたび、
川も海もないのにどう使うのだろうか、
と思い続けてきたのだが、
このあいだ見たら舟《ふね》は無くて、
空き家になっていた。
どういう使い方をしたのだろう。

65

たしかにここにあったのに、
跡《あと》形《かた》もない。
あのときここにいた者たちが
またここに集まって、
もうここには何もないのに
自分たちはまだいることが
何かの間違《まちが》いのように感じていて、
ああ、つまりそのために集まったのか。

66

白壁《しらかべ》に緑の蔦《つた》が這《は》っていて、
それが文字のように見えるのだが
読めそうで読めない。
毎年、もうちょっと、
というところで冬が来て
枯《か》れ落ちるのだ。
今年もやっぱり這《は》い始めたが、
おや、書いてあることがいつもと違《ちが》うな。

67

ごんごろろんと近づいてきて、
ごんごろんごろごろと
手数を増やしながら、
ぱらぱらしゃらしゃしゃしゃんどざざざざん
と盛りあげたところで、
ぴしゃずどんっ。
そこに悲鳴《ひめい》が加わる。
次々《つぎつぎ》に加わる。
そろそろ参加しようかな。

68

いざというときのために
抜《ぬ》け穴を確認しに来たのだが、
公園の隅《すみ》にある入口には
長い行列ができていて、
順番はなかなか回ってきそうにない。
前はこんなことなかったのにな。
どうやら皆《みな》、
そろそろだと思っているらしい。

69

尻尾《しっぽ》が増えている。
このあいだ二本になったところなのに、
今ではもう何本あるのかわからない。
まあ少々切っても大丈夫《だいじょうぶ》だろうが、
そんな機能が必要になるのか。
周囲を見回すと、
こうなっているのは自分だけではない。

70

買ったばかりのソファの中には
大抵《たいてい》誰《だれ》かが入っていますから、
ソファを傷つけることなく
入っている誰《だれ》かを出すことを
考えなければなりません。
もちろん、ソファだけではなく
その誰《だれ》かの心も傷つけないように
気をつけて。

71

空き地に電柱が一本立っている。
空き地になる前からそこにあった電柱。
すべてなくなって更地《さらち》になり、
誰《だれ》にも使われないまま
雑草に覆《おお》われてしまった今も、
立っている。
夜になると、
その下にはいつも誰《だれ》かが立っている。

72

今年も目に見えない
巨大《きょだい》な何かが上空を通過していった。
目には見えないが、
後に残る雲の形でそれがわかるから、
空とは相互《そうご》作用しているのか。
毎年この時期だ。
空と空をよく見上げる者だけが、
そのことを知っている。

73

長い廊下《ろうか》のある家に住んでいる。
玄関《げんかん》から奥《おく》へとまっすぐ伸《の》びる廊下《ろうか》に、
ときどき深緑《ふかみどり》色のスリッパが置いてある。
いつもきちんと揃《そろ》えて置いてある。
誰《だれ》のためなのだろう。
私か。
まあ、私しか住んでいないのだからなあ。

74

撮《と》りますよお。
あ、この列の後ろのあなた、
もうちょぃい首をまっすぐ、
えっ、折れちゃってる？　じゃ仕方ないか。
あれっ、お隣《となり》さん、頭は？　ないって、
いったいどこへ、こらあっ、
そこの子供、
頭で遊ぶんじゃないっ。

75

気がつくと墓地を走っていた。
どっちを見ても、
墓石墓石墓石墓石墓石墓石墓石。
どう行けば出られるのか。
いや、そもそもいつ迷い込《こ》んだのか。
と、そこまで考えたところで、
自分の墓からスタートしたことを思い出す。

76

ビニール袋《ぶくろ》にカラスが襲《おそ》われている。
以前はカラスにやられる一方だったが、
こうなったのは、
肉の味を覚えたからか。
そのうちヒトも襲《おそ》われるかも。
しかしまあ、
彼《かれ》らに肉の味を教えたのはヒトなのだから、
仕方ないか。

77

傘《かさ》をひろげた途端《とたん》
ずどんと突風《とっぷう》が来て、
それだけで骨が何本も折れていた。
春の嵐《あらし》か。
見ると、歩道には壊《こわ》れた傘《かさ》が
幾《いく》つも落ちている。
中にはだらだらと
血を流しているのもあるが、
これは傘《かさ》に似た傘《かさ》ではないものだろう。

78

風鈴《ふうりん》が鳴っている。
こんなに寒いのになんのためなのか、
いくつも鳴っている。
鋭《するど》く尖《とが》った音が耳にきんきん痛い。
外に出てみると、強風のせいか、
軒下《のきした》にずらりと並んだ風鈴《ふうりん》は
どれも割れていて、
でも音だけは聞こえる。

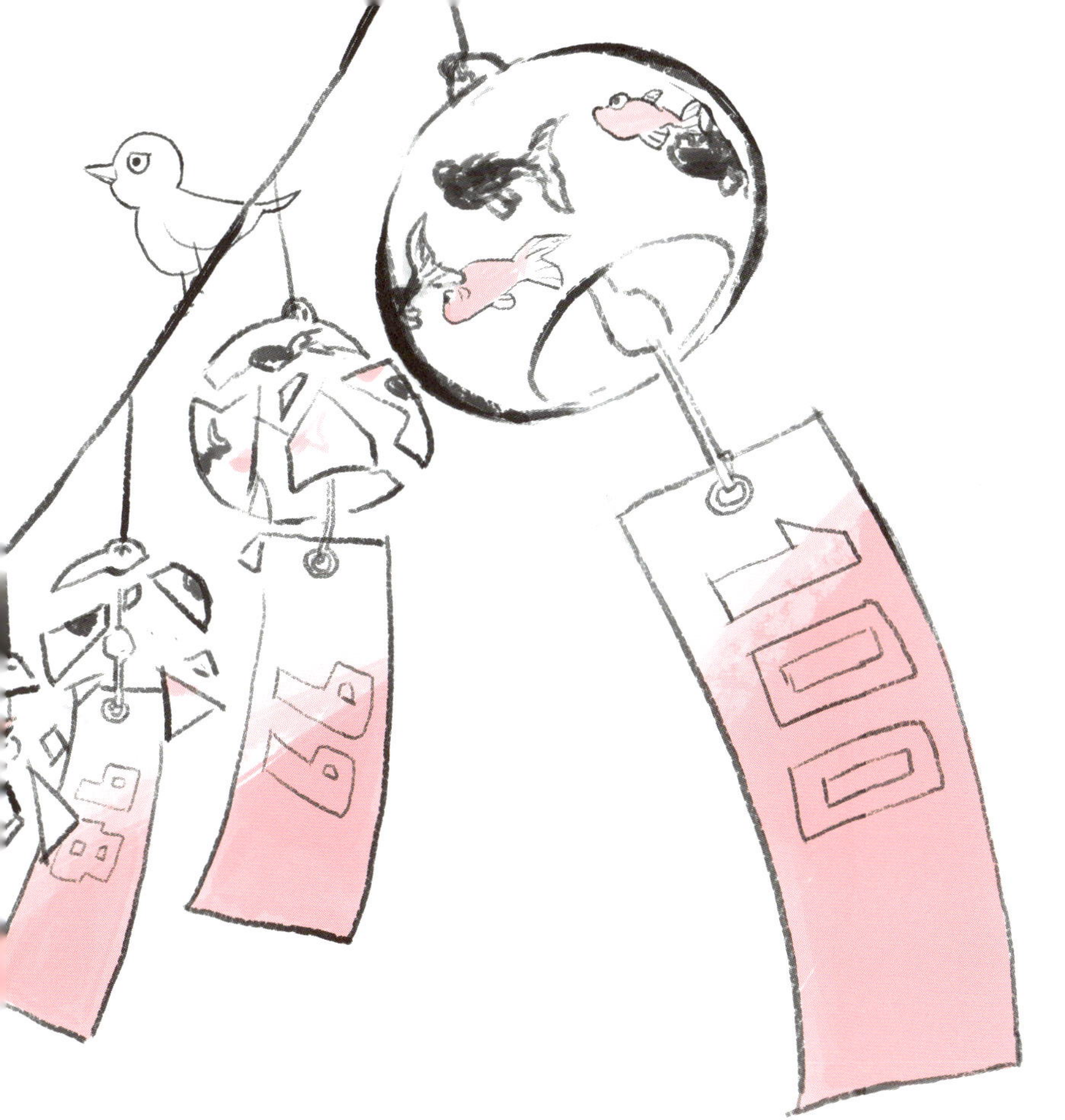
98
99
100

79

案山子《かかし》が立っている。
いや、たぶん案山子《かかし》だと思うのだが、
なぜかどれにも頭がない。
何らかの理由があって
頭を取られたのか、
最初からこういうものとして作られたのか。
というか、ここ、
畑でも田んぼでもないのにな。

80

仰向《あおむ》けに浮かんでいるから
空が見える。
空しか見えない、と言うべきか。
ときどき何かがきゃらきゃら笑いながら
足を引っ張ったり
脇腹《わきばら》をつついたりしてくる。
無理をすれば見えるのだろうが、
やめといたほうがよさそう。

81

冬なのに生ぬるい風が
ずっと吹《ふ》いているのは、
日本の南方に大量の幽霊《ゆうれい》が
発生したためと思われます。

かねてより、
発生と消滅《しょうめつ》を繰《く》り返してはいましたが、
ここ数年は発生が大幅《おおはば》に上回っており、
一定量を超《こ》えたようです。

82

音の伝わりかたが変わるのか、
雨の降る夜にだけ
踏切《ふみきり》の警報機の音が聞こえる。
雨音のむこうから、
かあんかあん、
とかすかに聞こえてくるその音は
もうすっかりお馴染《なじ》みだが、
踏切《ふみきり》がどこにあるのか
いまだにわからない。

83

雲の割れ目からぼたぼたと
地上に落ちてくるあの赤黒い液体は、
雨というより
何かの体液のように見えるし、
成分もそれに似たものらしいから、
雲のように見えるあれも
雲ではないのだろうなあ。
誰《だれ》も言わないだけで。

84

一種のヘルメット。
あなたの頭を守ってくれます。
とてもいい。うんうん、
たしかに装着してるあいだはね、
ちょっと吸われますよ、中身を。
好きなんだよね、吸うのが。
それはまあ、
好きだから守ってくれるわけだしね。

85

開かずの踏切《ふみきり》で何本も
電車が通り過ぎるのを待っているから、
頭の上を駆《か》け抜《ぬ》ける車窓《しゃそう》を
ただぼんやりと見つめることになる。
空《す》いてるなあ。
空《す》いてるなあ。
というか、誰《だれ》も乗ってないなあ。
なのになぜか、一両だけ満員。

86

よく花が供《そな》えてあるのは
事故の多い交差点だから、
と思っていたが、
最近どうも順序が違《ちが》う気がする。
というのも、
花を見た翌日に事故を見るからで、
それがただの気のせいなのかどうか、
花を買って確かめてみようかな。

87

古いソファを捨てる。
妻が実家から持ってきて
長く使っていたものだが、
もうすっかりくたびれている。
しかし重い。
なぜこんなに、
と裏面の革の破れ目から覗《のぞ》くと
内臓みたいなものが見えたが、
見なかったことにしよう。

88

長く住んではいるが、
あんな音は初めて。
雨で屋根のトタン部分が鳴るのを
もっと激しくした音だった。
えらく降ってるなあ、
と思って寝《ね》たが、
昨夜雨は降らなかったことを知る。
窓を開けて確かめなくてよかったのかも。

89

これまでの伝統的な方法だけでは、
うまくいかないことも多かった。
だが、新しい技術によって
状況《じょうきょう》は大きく変わりつつある。
この藁《わら》人形型ロボットの導入により、
呪《のろ》いの精度は
飛躍《ひやく》的に高まったと言っても
過言ではない。

90

ネジが頭に刺《さ》さったまま、
もう何日もくるくるくるくる
回り続けている。
いったいどういう原理で回っているのか。
痛くも痒《かゆ》くもないが、
どうにも落ち着かない。
こんなに回っているのに
入りも抜《ぬ》けもしない。
空回《からまわ》りだね。

91

花束が置かれている。
事件があったという話は聞かないし、
事故現場のようでもない。
ずっと昔に閉店した喫茶店《きっさてん》の前だ。
道路拡張で取り壊《こわ》されるらしいから、
かつての常連客が置いたのか。
でも、そんなことするかなあ。

92

梱包《こんぽう》されて遠くへ運ばれる。
完全に動きを止《と》めると
再開できなくなるから、
梱包《こんぽう》された状態で
同じシーンを繰《く》り返しているはず。
なのに突然《とつぜん》キャストが大幅《おおはば》に変わったのは、
外で何かあったのか。
でもそれは聞かない約束。

93

超《ちょう》高性能の手袋《てぶくろ》です。
高温高圧低温低圧、
毒ガス、強酸、放射線、
すべてに耐《た》えて、
もちろん快適でしなやか。
まあそうかもしれないけど、
手袋《てぶくろ》だけではどうにもね。
いやいや、手だけ残ってれば
誰なのかわかりますから。

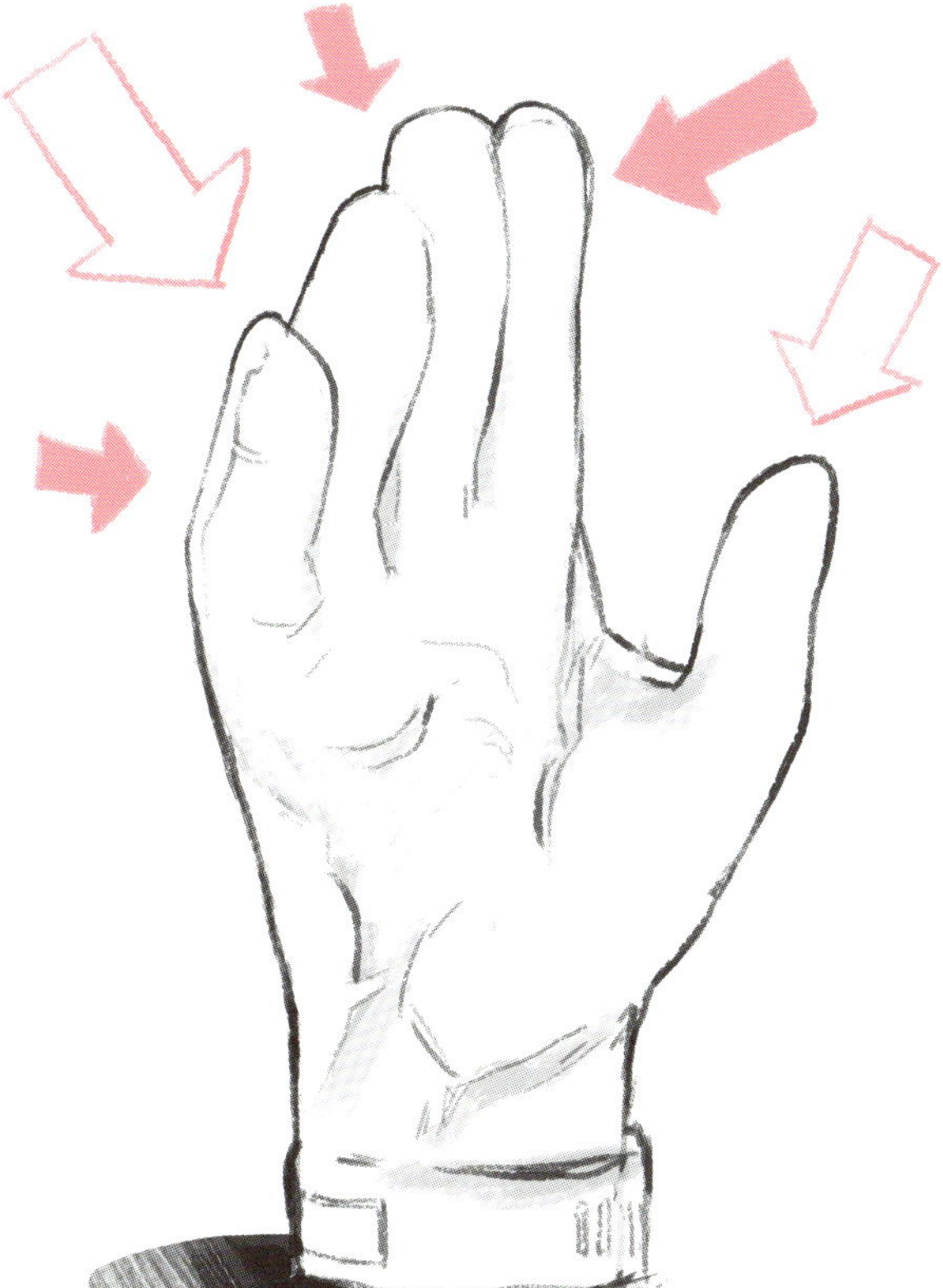

94

池の水を全部抜《ぬ》いたら
女神型の鉄の何かが出てきて、
水を抜《ぬ》いた者たちに、
お前たちが落としたのは
金の女神か銀の女神か、
それとも私か？
どれでもないので黙《だま》っていると、
私を落としたのはお前たちか、
それとも――。

95

ガードレールに囲まれた
道路脇《わき》の一画に、
子供が乗って遊ぶ自動車が
横転《おうてん》したまま置いてある。
いつ見ても同じところにある。
ねえねえ、理由を教えてあげようか、
と男の子の声が言う。
いや、もうだいたいわかったから。

96

開けかたのわからない箱がある。
何人もが挑戦《ちょうせん》してはいるが、
成功した者はいない。
挑戦《ちょうせん》を宣言すると箱に入れられて、
開けることができなければ
当然そのままだ。
なのに次の挑戦《ちょうせん》者が入るときには、
箱は空《から》になっている。

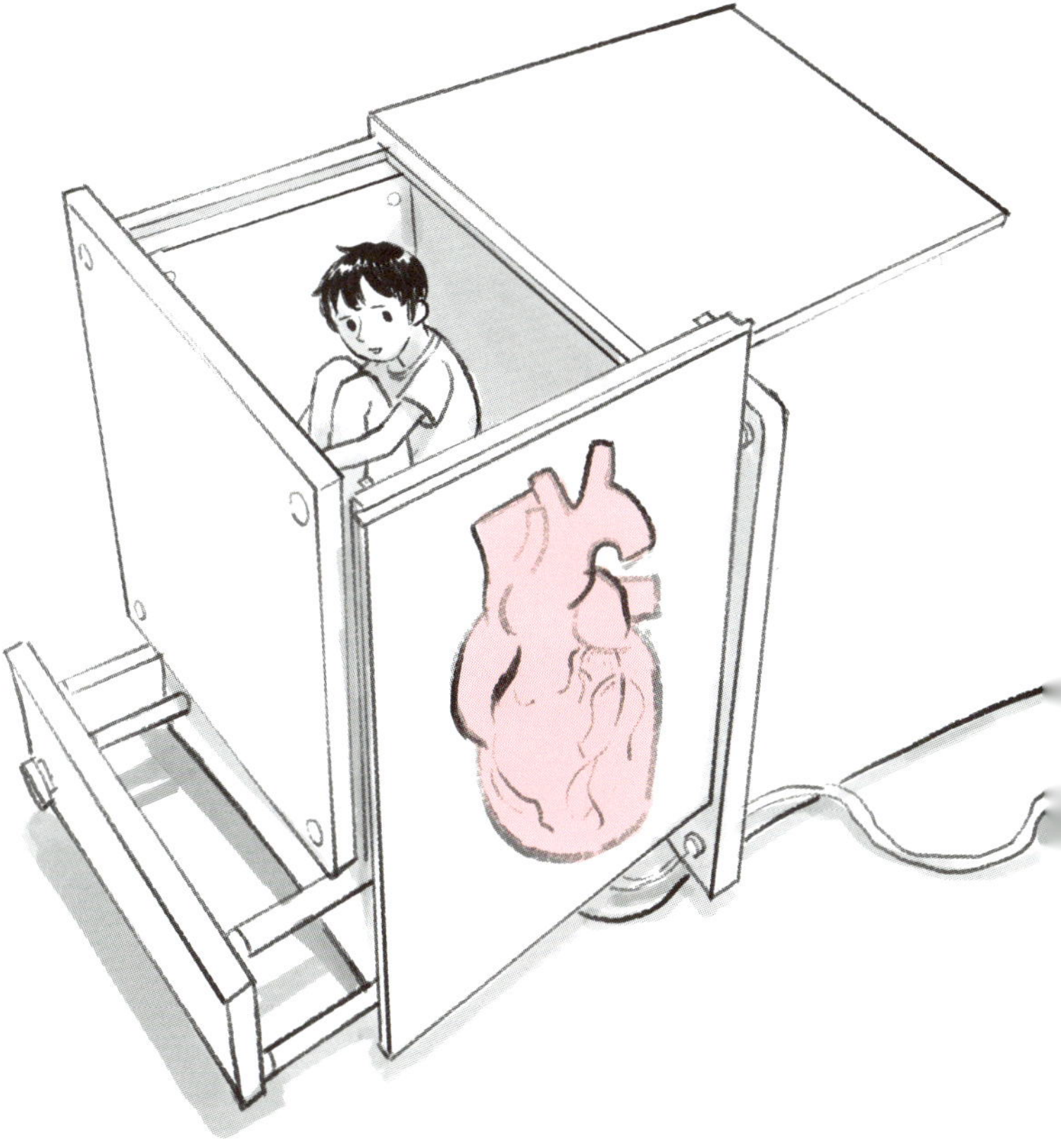

97

家の前の道に白いチョークで
線路が描《か》かれていて、
どこまでも続いているみたいに見える。
そんなことを思ったのは
この歌声のせいか。
ぐんぐん近づいてきて、
そのまま通り過ぎた。
歌声だけが線路の上を遠ざかっていく。

98

生乾《なまがわ》きのコンクリートに
足跡《あしあと》がついている。
猫《ねこ》ではない。犬でもない。
二足歩行のようではあるが、
人でもない。
それはいいのだが問題は、
その足跡《あしあと》が踏みつけているのが三葉虫《さんようちゅう》、
しかもまだ生きているということなのだ。

99

夜道に白いものが落ちていて、
目を凝《こ》らすとてるてる坊主《ぼうず》だ。
少し先にも落ちている。
その先にもそのまた先にも落ちている。
水をたっぷりと吸い込《こ》んだてるてる坊主《ぼうず》は
どこまでも続いているようで、
雨は止みそうにない。

100

路地の長屋と町工場の隙間《すきま》に
薄暗《うすぐら》くて狭《せま》い階段がある。
二階くらいの高さで
ブロック塀《べい》に突《つ》き当たっているから
どこにも通じてないはずだが、
階段を上っていく人をたまに見かける。
下ってくる人は、
まだ見たことがない。

101

あの病院、
ヒトのための病院ではないらしい。
では、何のための病院なのか。
それを言うことはできないそうで、
なぜならそれは、
未《いま》だ名づけえぬものだから。
今日も表には、
未《いま》だ名づけえぬものたちが
行列を作っている。

102

自分の頭の中から絞《しぼ》り出して
テーブルの上にこんもりと
盛り上げたから、
これはきっと
自分の頭の内側の形をしているのだろう、
と考えているのは、
中身を絞《しぼ》り出して
空《から》っぽになった頭なのか、
テーブルの上の中身なのか。

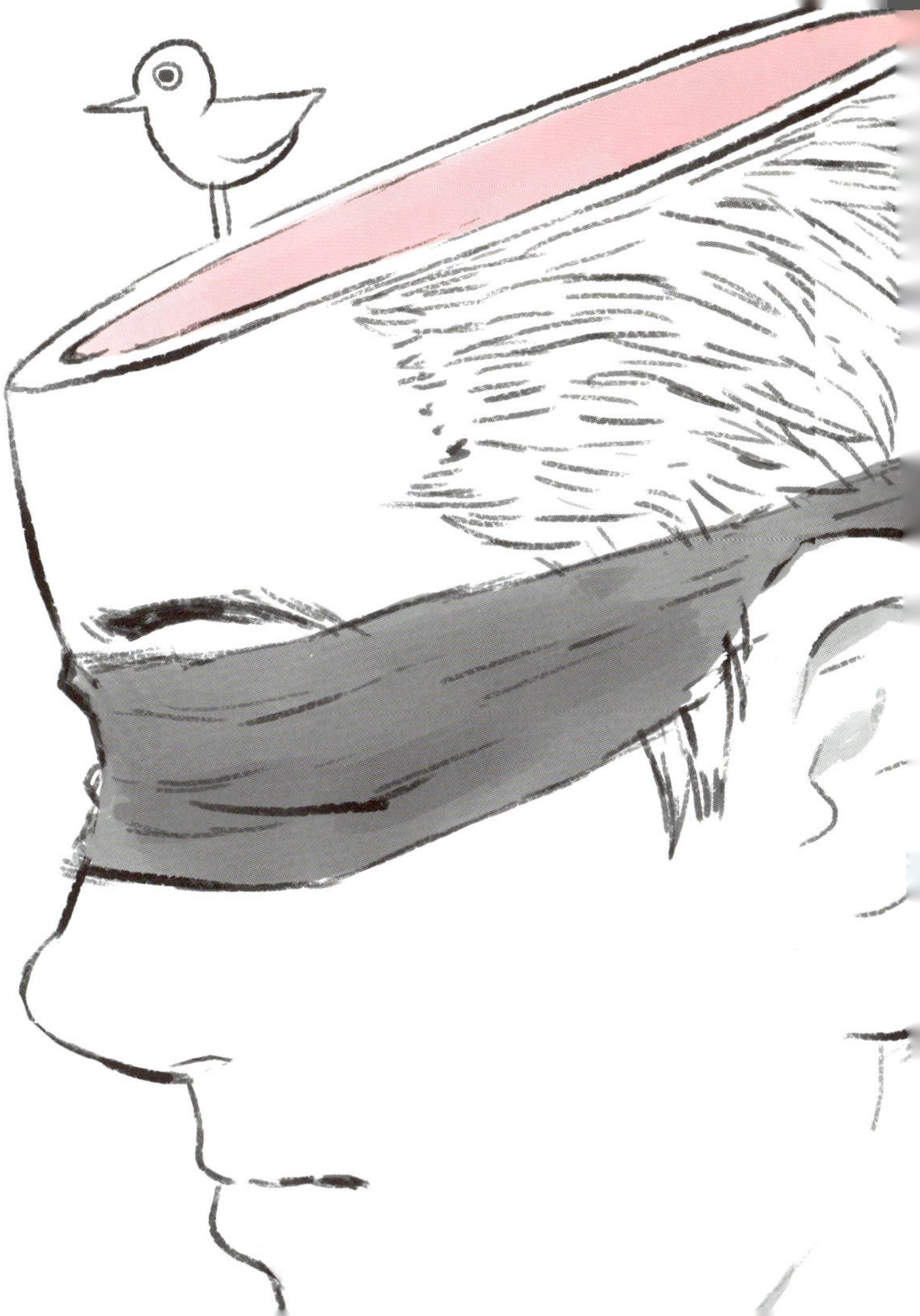

103

この近くにずいぶん長く住んでいるのに、
こんなに高い崖《がけ》があることを
今まで知らなかった。
崖《がけ》の手前に自転車を止めて
長くて急な石段を下る。
いちばん下から見上げると、
それが巨《きょ》大《だい》な生き物の
断面であることがわかる。

104

激しい雨で夏の名残《なごり》が
剝《は》がれ落ちていくのは
いつものことだと思っていたが、
剝《は》がれるのは夏だけでは済まない。
なにしろ雨も風も
かつて経験したことのない激しさ。
剝《は》がれ落ちたその下には
見たことのない何かが見える。

105

空が広いところを歩いていて、
月が二つあることに気がついた。
ではここは火星か、
あるいはここを
火星と思わせたがっている
狐《きつね》か狸《たぬき》の悪戯《いたずら》か。
そんなことをぼんやり考えていると、
いつのまにやら月は三つに増えている。

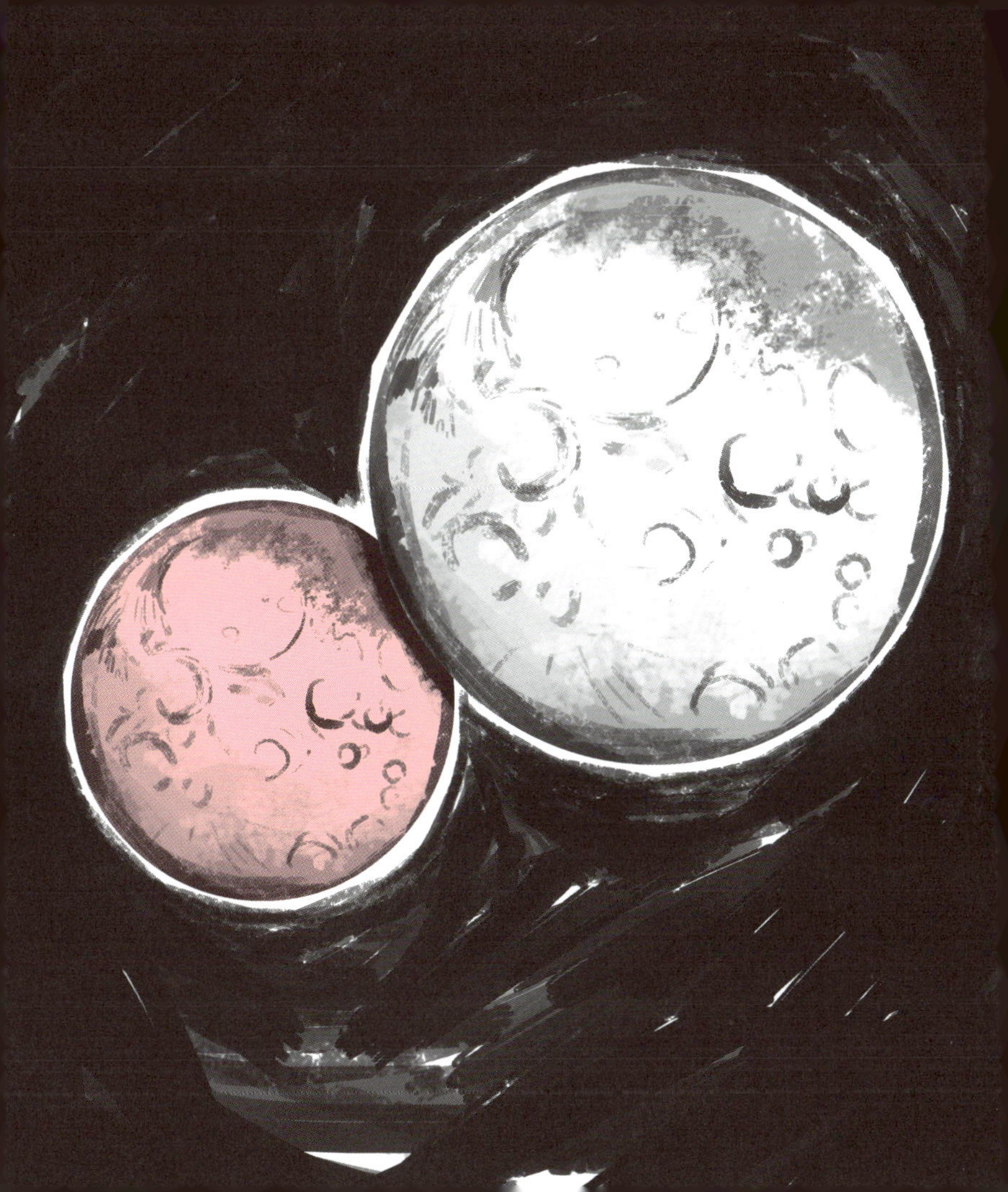

106

地下の扉《とびら》の向こうには、
夕焼けや流れ星や打ち上げ花火で
にぎやかな空があって、
瓦礫《がれき》の山には風も吹《ふ》けば雨も降り、
そのうち雪へと変わるだろう。
もちろんどれひとつとして
本物ではないが、
それはこっちもそうだから。

107

昔は公園だった窪《くぼ》みに、
昔は砂場だった水溜《た》まりと
昔はジャングルジムだった塊《かたまり》と
昔は滑《すべ》り台だった塊《かたまり》と
昔はブランコだった塊《かたまり》と
昔はなんだったのかわからない塊《かたまり》とが
並んでいて、
昔は人間だった何かが今日も遊んでいる。

108

長い坂の上に闇《やみ》があって、
ときどき長い坂を上って迷いに行く。
ねえ、ここ、
こんなに広くないはずだろ。
たぶん、鏡の中に
入り込《こ》んでしまっているんだよ。
闇《やみ》の中で誰《だれ》かが教えてくれたが、
それが誰《だれ》なのかはわからない。

109

運転手の手の運転手をやっている。
もちろん手だけでは運転できない。
運転手の足に運転手の首、肩《かた》、腰《こし》、腹、
その他いろんな部位に
それぞれの運転手がいる。
ところで、運転手の手の運転手の運転は
どうなってるのかな。

110

いつもの喫茶店《きっさ》に寄ったのだが、
様子が変。空っぽなのだ。
あれ、
昨日まで普通《ふつう》にやってましたよねえ。
いえいえ、もう何日も前から
抜《ぬ》け殻《がら》でしたよ。
いやいや、だって昨日もここで、
と首を傾《かし》げているのは私の抜《ぬ》け殻《がら》。

III

電子化しますね。
これでだいぶスペースが節約できます。
それに今電子化すれば
本体の廃棄《はいき》は無料です。
ほら、最近は廃棄《はいき》費用も
馬鹿《ばか》にならないでしょ。
ま、そのおかげで、
あなたも今まで
廃棄《はいき》されなかったわけですけど。

112

あれもこれも無人化されて
便利にはなったが、
こういうのは寂《さび》しいものだなあ、
ともっともらしい感想を
述べたこともあったが、
こうして人間がいなくなってしまっても
支障がないのだから、
無人化が進んでてよかったよ。

113

缶詰《かんづめ》工場だ。
缶詰《かんづめ》を作る工場ではなく
缶《かん》に詰《つ》められた工場。
缶《かん》で送られ、
目的地で缶《かん》から出されて稼働《かどう》する。
工員も缶詰《かんづめ》になる。
仕事がら自分で自分を
詰《つ》めることはできるが、
蓋《ふた》だけは外の誰《だれ》かに
してもらわねばならない。

114

高い煙《えん》突《とつ》のある町に住んでいました。
いろんな都合の悪いものを粉《ふん》砕《さい》し、
飛散させてしまうための町でした。
まあいちばん都合の悪いのは
その町ですから、
最後には自分で自分を砕《くだ》いて
町は跡《あと》形《かた》もなくなりましたよ。
私も。

115

交差点などない一本道、
左右にはまばらに草の生えた
赤土の地面があるだけ。
信号機だけが立っている。
なんでも、撤去《てっきょ》しようとすると
昔ここに暮らしていた者たちの
幽霊《ゆうれい》が騒《さわ》ぐという。
もちろん信号も守らねばならない。

116

海岸を歩くのは日の高いうちだけに。
傾《かたむ》いてくると顔が出る。
いろんな岩にいろんな顔が
幾《いく》つも幾《いく》つも。
びっしり並んだその中に、
知った顔を見つけてしまったりすると、
もういけない。
どういけないかは人それぞれだが。

117

かつての校舎は、もうない。
なのに黒板は残っている。
壁《かべ》も柱も、
支えるものなど何もないのに、
更地《さらち》に黒板だけが浮《う》いている。
もしかしたら、
ここにあった小学校とは関係なく、
もっと前からここにあったものなのかも。

118

死者を迎《むか》えるために
今年も櫓《やぐら》の骨を組んだ。
今年の櫓《やぐら》は例年より大きいから
表面積も大きくて、
その肉付けにはより多くの肉が必要で、
そのために出た大量の死者も
迎《むか》えねばならない。
それで今年の櫓《やぐら》は大きいのだそうな。

119

さあ、これからお前の上に
書き込《こ》んでいくよ。
往生際《おうじょうぎわ》悪く、しつこく、
念入りに、ねちねちと。
お前のためであり私のためでもある。
うっかり見落として、
耳なしなんとか、
なんてことにならぬよう、
真っ赤にしてやろう。

120

送られてくる苺《いちご》は
すべて食べなければならない。
それが契約《けいやく》だから。
幾《いく》つかにひとつ、顔がある。
それも食べなければ。
それが契約《けいやく》。
あるとき、
顔を見なくてもすむ方法を思いついた。
今は全部、ジャムにして食べている。

121

夜、自転車で走っていて突然《とつぜん》後ろから
「右、通るよ」と声。
振《ふ》り向くより先に、
黒い塊《かたまり》がすぐ横を高速で走り抜《ぬ》けた。
左側を走っててよかった。
急に言われると、
左右がわからないのだ。
真ん中は走らないようにしないと。

122

巨大《きょだい》な焼却炉《しょうきゃくろ》の中にいる。
焼け残ったものを掃除《そうじ》する当番なのだ。
そして案の定、灰の中から
黒こげの塊《かたまり》を見つけてしまった。
火掻《か》き棒で表面を削《けず》ると、
ほらね、出てきたのは、
見覚えのある、というか、
使い慣れた眼鏡《めがね》。

123

ぼくが生まれてすぐ、
父は女を作って出て行った。
父についてぼくが知っているのはそれだけ。
母はそれだけしか教えてくれなかった。
そして今日、
ぼくは納屋《なや》の地下に
隠《かく》し部屋を見つけた。
そこに、父の作った女がいた。

124

近所に猿《さる》が出たと聞いた。
近くに山はないから
飼われていたのが逃《に》げ出したのか。
公園の砂場に足跡《あしあと》。商店街に糞《ふん》。
裏の塀《へい》の上に手形。
確実に近づいてきている。
自分の腕《うで》を見ると、
いつからかずいぶん毛深くなっている。

125

公園の木に飾《かざ》り付けがしてある。
クリスマスツリーかと思っていたが、
よく見るとそうでもない。
吊《つ》られているのは人形のようなのだが、
実在の生き物のではないみたいだ。
ただ、その最下層には
人間の人形が並んでいる。

126

近所の廃《はい》工場の前に金属の枠《わく》があって、
普段《ふだん》は濁《にご》った水が溜《た》まっている。
覗《のぞ》くと金魚らしき赤い影《かげ》が動く。
晴れた日が続くと、
からからに乾《かわ》いて底が剝《む》き出し。
なのに、雨が降って水が溜《た》まると、
また赤い影《かげ》が動いている。

127

遺品の整理に田舎《いなか》へ帰る。
押入《おしい》れの奥《おく》から
大量のアルバムが出てきた。
子供の頃《ころ》の自分がそこにいる。
ところが、そこにあるのは
知らない光景ばかり。
何ひとつ記憶《きおく》にないのだ。
アルバムの表紙には
未使用テイク集とある。

128

降ったなあ。
あんなに降るとは思わなかった。
昨夜は路地から
今まで聞いたことのない音が聞こえた。
巨大《きょだい》ミミズが小型犬を呑《の》み込《こ》むときには
あんな音がするんだな。
では今聞こえている
あれとは違《ちが》うこの音はなんだろう。

129

いったいどこを通ってこんなところまで
ネズミが侵入《しんにゅう》してくるのか。
どこかに穴を開けられている
としか思えないが、
どこにもそれらしきものはない。
もしかしたら脳が見せる幻《まぼろし》なのか。
妙《みょう》にすかすかすかする頭で考えている。

130

ほぼ百字、
ということにしているのは、
いくら百字で書いても
いつのまにやら
書いた覚えのない文字が
紛《まぎ》れ込《こ》んでいたりして、
つまり百字で書いたところで、
どうせ百字でなくなってしまうからで、
これもいずれそうなる。

北野勇作（きたの・ゆうさく）

1962年、兵庫県生まれ。92年、「昔、火星のあった場所」で日本ファンタジーノベル大賞優秀賞を受賞してデビュー。『かめくん』で日本SF大賞受賞。主な著作に『ヒトデの星』『社員たち』（河出書房新社）、『どろんころんど』（福音館書店）、『かめくん』『きつねのつき』『カメリ』（河出文庫）など。新作落語の会〈ハナシをノベル〉では、ノベラーズの一員として新作落語を書く。田中啓文との朗読ユニット〈暗闇朗読隊〉として、不定期にライブを行っている。Twitter連載【ほぼ百字小説】はルーティンワークで、現在1,200作を超えている。

Twitter：@yuusakukitano

その先には何が!?

じわじわ気になる（ほぼ）100字の小説

2018年8月27日　初版第1刷発行

［著者］北野勇作

［発行者］古川絵里子

［発行所］
株式会社キノブックス（木下グループ）
〒163-1309　東京都新宿区西新宿6-5-1 新宿アイランドタワー9階
電話 03-5908-2279　ファックス 03-5908-2232
http://www.kinobooks.jp/

［イラスト］旭ハジメ

［ブックデザイン］百足屋ユウコ（ムシカゴグラフィクス）

［校正］株式会社ぷれす

［印刷・製本］中央精版印刷株式会社

　ISBN 978-4-909689-06-1

100